詩集

散居村の住人からの視点

道元　隆

土曜美術社出版販売

詩集　散居村の住人からの視点＊目次

V

カバー写真／富山新聞「ふるさと上空」
二〇一二年五月二十六日付より

詩集

散居村の住人からの視点

I

待つ

約束時間になったがまだ来ない　デパート前
やっと来た　来たと判断したが
そっくりさんはいるものだ
今か今かとドキドキバクバク

きた　時刻がきた　もう　そろそろ　タイミングの世界
じっと見つめるしかない　見逃さないように
離れるわけにはいかない　最後だ　決して見逃さないと

並んでいる　一時間待ちになった　刻々と過ぎていく
列は確実に短くなるのだが　なかなか入れない王国
あの匂いが流れてきて唾液を飲み込む　何度も何度も
満足げな表情を満面に表して　一人通り過ぎた
会社員のグループ　どっと動く人間列車　三十五歩進んだ
私は並んでいる
まだだ　あとどのくらいだろう　列を見た

一意専心の気持ちで　会う　看取る　口に入れる
待つのもいろいろ
人間模様が展開する
人もいろいろ
待っているときの所作模様

待つのは我慢
人間を磨くのに与えてくれた時間
目的達成のために時間は流れているようだ
私は粘り強く我慢する
一つの目的達成のために

開花するまでの時間　どのくらい必要なのだろう
昨日　はち切れんばかりに膨らんでいた生命体
今日の午前中　破裂した桜の群れ
青空に溶け込んでいた

消えていく

肉眼では分からないものたち
働きかけをしているのだ
的確に作用を促しているのだ
自分の存在がなくなるまで

人はお骨になっても
役目をつつがなくこなしている
光になり
本人しか聞こえない声で

見られている
安心感を与え続ける
自分が死ぬまで消えない思い出
残念だが
必ず消える日がくる

進むのみ

十二月三十一日から一月一日　たんたん　とんとん
時を刻んでいる
おめでとうの合唱　世界中で
とんたん　とんたん　リズムにのって
狂いなく　静かに流れてゆく時間

同一行動パターンの群れ　あちこちで移動中
一年の誓い　願い
神社仏閣に顔を見せる

抜かりなく事を済ます　今年もできた満足感　達成感
成就できたかのように見える顔色模様
眩しく反射する
一年ごとの積み重ね　天空に呼びかける
伝える義務を果たした民衆

無我夢中で背負ったランドセル　すべてが初体験
連続する緊張　ランドセルが吸収してくれた
リュックサックには大なり小なり　後悔を入れた
詰めては重くなったリュックサック
時間が助けてくれた　成長と共に
死を迎えるまで続くだろう
そう思うようになった

写真　映像は嘘をつけない
事実の証明
あの方は　まだ生きているのだ
どこかにおられるのだ
祥月命日はあるのだが　まだ存命中だ
自由に出現できる透明人間のようだ
生存中　思い出は次から次と出てくる
人間は二度死ぬのだ
私が死んだら　すべてが完結する
思い出す人がいなくなるのだ

私が止まったら
歴史が生まれない　人の生死も
何が何でも　動かなければならないのだ　感情を持たずに

休むことなく　確実に的確に
一定のリズムで打ち続ける

時差で時刻は違う　日本の裏側と日本
世界中で打ち続けている
打つ音はいろいろだが
確実に　的確に刻まれてゆく
過去を製造してゆく
疲れはない
使命感で　黙々と打ち続ける
そんな中　様々な出来事が世界中で起きる
人類が生きている証明だ

成長するためのドキドキ感

本物に巡り合うまで　ドキドキ
鼓動が聴こえる
国宝級の物を手にした瞬間
震える指　がたつく足　息が止まる
破壊は価値を消失させる
人生を狂わせる

通帳に振り込まれる金額　予想外で計画を断念した
不安要素が募る　受け手は欲望の塊だ

これで満足という金額はない
振り込まれる都度　揺れる心

掲示板の合格発表を見る直前
ドキドキ　落ちていたら
今までのこと　今日まで我慢してきたこと
今日のために後回しにしていたことも
一時　放心状態になる
なかなか確認できない精神状態
足が前に出ない　がんじがらめの身体
番号を見つけた途端
スーと走り抜けた感情が爆発した

心臓がバクバク

夢が膨らんでいく
現実はより厳しい道が続いていた　途轍もなく長い
ドキドキは必要なのだ
細胞を蘇らせる
全身が研ぎ澄まされていく神経細胞
私は老化し続けていく毎日
刺激を追求する栄養源が必要
たまには　血液が急激に流れることも必要なのだ
感情の起伏が必要なのだ
涙が流れた後　ストレスがなかった
真白だった
喜怒哀楽で流す涙
ドキドキ感細胞が動いているのだ

追求できる物体

就寝中は気が気でないのだ
活動しているだろうか　死を迎えないだろうか
起床後　すぐ見に行く　暖かかった　大丈夫だ
顔を見るまでは心配だった　恐る恐るどけてゆく
どれも赤ら顔だ　一斉に深呼吸をした　スウースウー
白くなったもの　元気を取り戻して赤色に

外出中は気にかかる　気になるがどうにもならない
離れる前に少しかけてやる　息がずっとできるだろうか
さじ加減が難しい　息ができる技が必要だ

一年中息を絶やさない専門家がいる　国宝級の技だ
この分野も奥が深い　日本人が愛してやまない道だ
手間がかかるが情緒がある　人々に安堵感を与えるのだ
黒から赤　そして白　自分の命を最後まで発散する
この文化を消してはいけないのだ
南部鉄瓶で沸かす　お茶もコーヒーも　より一層美味になる
この時間帯　癖になってしまった　至福の時がおとずれた

クロスより漆喰　建材より銘木　洋紙より和紙と
昔からの伝統品だ　特長があり趣があるのだ
気を遣うもの
その価値は深くて感動させるものがあるのだ
古来より継承されてきた由来だ

II

名医

名医がいるから　医師団の士気が向上し続ける
世界的な権威になった
この分野で知らない者はいない
医療技術が日々向上し続けても　注目される
技術に新たな技が幾重にも積み重なる

五指の動きは繊細だ
指体操を欠かさない
イメージ通りの動きができる

確実に　短時間に　簡単に付け足す
数種類の人工的なもの
痛みが出ないように骨を削る

あの時の医師　今はある大学の有名教授だ
教え子が全国の病院にいる
医心を胸に日夜奮闘
難度の高い手術はすべて受け持って　後輩をバックアップする

妥協を許さない　見落としも許さない
限界に挑む
器用な手先　鋭い眼光　蓄積された頭脳
患者は安心しきって眠る
何事もないかのように

目が覚めたら別世界が広がっていた
最先端の手術　人々を幸せに
パーッと明るくなった

エッセーが掲載されていた
読んでください　感じてください　省みてください
日本人なら
教授からのメッセージに感動の涙が出るはずだ
人間を一番愛するから　挑むことができるのだ
ベッドからパーッと光る顔
日々精進できる源だ

とうとう

文句を言わなかった　確実に従った
働き通しだった
たまに　おかしくなった　でも我慢し続けた
酷使されすぎたのか
とうとう異常状態に
やっと気づいてもらえた
ほっとした
激痛からの解放が待ち遠しい

あの日がやってきた
ご主人はうつ伏せになっていた
正確な箇所に鋭利な刃物が突き刺さった
麻酔がきれて　目が覚めたら
何と言うのだろう
身体全体
内臓全体で聴いてみたかった
知らないうちに
死んでいく
内部では　毎日戦争が起きているのだ

あの手

説明を受けた　具体的なことは言われない
不安が募る　心配が積み重なる　落ち込んでいく自分
ドリルで穴をあけるのだろうか
ノミで削るのだろうか
任せるしかないのに　気になってしようがない
情報が氾濫している時代　ネットでは具体的なこと
メリットとデメリット
費用までも丁寧に載っていた
失敗したら植物人間になる

そういう人もいるのだ

目が覚めたら　どんな状況が待っているのだろう
予定通りに事が進むだろうか
人間のやることだから失敗が
どうなるか　分からない負の部分

老化は避けられない　どれだけ現状の細胞を維持できるかだ
外的な攻撃から　内的な異変から変化する生身
目に見えない部分でも様々なことが混在する
私の身体

目が覚め仕事をし　眠りにつく連続
一日一日と貴重なのだ

当たり前にしていたこと　実に素晴らしいことなのだ
五感で感じとり　欲望に取りつかれ　今日も老化していく
私だけではない　妻も息子たちも一緒に死に近づいていく

削る部分　按配がある
取りすぎても少なすぎても駄目だ
正常に蘇る細胞のために切り方もあるのかも
繊細な細胞
指体操を欠かさない
あの五指が繊細な動きをしている
いつも温かい手だ
無表情で出番を待っている

消えていく

目の前にある物体
スムーズに収まる場所に辿り着く
時間が経過していく
固体の形状がなくなっていく
何処へ行ったのだろう　分からない
見えない所にいる
固体で流れ　目的地で浸み込んでいく

必要な箇所に辿り着いていた

戦闘を開始していた
溶け込んでいる最中　役目を終えた
不思議な世界だ
消えていくことが大切なのだ　流れてはいけない
分からないうちに活動している
痛くも痒くもない
分からないように　さりげなく責務を終えていた
役目を担う物質
進化し続けている
人間も退化しているから
より優れた物質が必要だ

あのこと

時間の経過は老化だ
死へと向かう
知らないうちに死んでいく
再生されるものもいるが
復元するまでに時間が必要だ
痛みが消えることは素晴らしいことだ

身体は精巧
完璧に完成されている

細胞は消滅し
また再生する
苦痛からの解放を真剣に求めていた
私も一人の人間
ちっぽけな人間なんだ
一人では生きていけないのだ
死ぬまで　もう手術はしたくない
否応なしにやったあの日

初めての入院でわかること　一人では無理です

前触れはない
突然　あっ　吐く行為　意識ははっきりとあるのに
どうなっていくのだろう
吐く度に不安　心配が交錯した

検査後　病名を告げられた　重篤な　そんな言葉だった
ベッドで耐えるだけだ
それが最善の治療法だと言われた
数回続く吐く行為　ドス黒い塊に血が

人生の折り返し点を過ぎ　今まで　両親に大事に育てられた
ただただ　感謝　感謝あるのみの日常生活
その矢先だった　初めての入院
絶食の日々だった
吐くものがないはずなのに　どす黒いもの　黄色いもの
おさまったと安心した　それも束の間　吐き続けた
どうなっていくのだろう　酸素吸入まで
致死率が上昇した
両親は集中治療室で亡くなった
私も今　そこにいる　手術はない　点滴の嵐だ
点滴をしながら　いつの間にか寝てしまった
どのくらい寝たのだろうか
目を開けたら一般病棟にいた

涙がとめどなく流れた

許可がおりた　おそるおそる　一口の常温の緑茶
アッという間に下りた　と思ったら　途端に吐いた
一口の水　スーッと下りた　暫くしても吐かなかった
吐くことに敏感な身体
水の素晴らしさを初めて知った
本質を見極める世界　健康なこと　命があること
知らない所で一生懸命　身体を維持してくれる細胞たち

具のないおつゆ　米のない汁　何と美味しいのでしょう
入っていきました　流れました　吐きませんでした
深夜毎日照らされました　寝ているか　異常はないか
何と言われるだろうか　不安な毎日が続いた

担当医なかなか現れなかった
終末医療なのだろうか
定刻時間　まず来てもらえない　聞きたいことがあるのに
イライラが続いた日々

三週間後　外出許可が出た　少し力が抜けた
山積みの資料　時間を決めて　少しずつ取り組んだ
全粥になった　目標は三食残さず食べること
体力は回復したのか　時間は流れているのにそう感じない
もんもんと　時間活用を考える日々
久し振りの入浴　古い細胞が一気に流れた　身にしみた
気分爽快　ドアの向こうで天使が息を殺して待っていた
六十代後半の同室の患者　痩せこけて食欲がない

私は病室を移動した　ナースステーションより遠くなった
だいぶ良くなったのだろう　勝手に思った
夜景をすぐ見られる病室　ネオンが誘惑してきた

痛くもない病状　これは怖いことだ
気にするかしないかだ
時間経過　知らず知らずのうちに悪化していく
土曜日の午後二時頃　突然だった　妻の目の前で吐き続けた
一秒でも早く病院へと急いだ
運が良かった　専門医に診てもらった　すぐに治療開始だ
生死は運も関係している
同じ病名の方が数人亡くなった
生きなければならない　強い意志も必要だ
自分では何もできない　言われるままだ　なされるままだ

約四ヵ月振りの検査　その期間　薬は飲まなかった
大丈夫だろうか　同室だった患者の方　亡くなっていた
担当医は何と言うのだろうか　ドキドキして見詰めた
「もう　来なくてよい」　鼓動を感じた　強めの言葉だった

私のためにチームで取り組んでくれた
白色のマスク美人が数十名いた
同一人物に見えてました　名札だけが頼りでした
点滴の針が入らない二年目の看護師　血管部分を数回叩いた
細い血管が浮き出てきた　見えた瞬間　チクッと音がした
一瞬痛かった　なぜだかホッとした　命を繋いでくれた
治療に忠実に従わなければならなかった
指示通り　目的達成　平常心でこなす天女たち

五時過ぎまで働いていた四年目の看護師
深夜　ペンライトで私を照らす
良くならなければ申し訳ない
そんな気持ちだった
痛い　苦しい　気分が悪い
我慢できず　またベルを押した
フーフー　ハーハー　息を切らしてすぐ来てくれた
辛い時　苦しい時　担当の看護師
阿弥陀如来立像　　そう見えた
不思議な光線　私の内臓部分に当たっていた
的確に　天女が導いていた

Ⅲ

どうなることやら　でも守ろう

どうしてこんなことになるのだろう
日常生活が一変する
災害で住居が消失
土砂に埋まってしまった両親
四カ月間　子供が見つからない家族
猛暑の中　やり続けても終わらない土砂運び

どうしてこんな目にあうのか
温暖化が影響していると簡単に言う識者
対処方法はあるのか　即　実行してほしい

異常気象は毎年起きる
そんな地球になってしまっている

令和二年はマスク人間の登場だ
今後も続くのだろうか　終息はいつなのだろうか
不安と恐怖が家庭生活に入ってきた
一人でも感染者が出ると　死亡者が出ると
想像を絶する日常に

国が県が　感染者数を発表する
棒グラフが伸び続ける　神経がピリピリ
血圧上昇
家庭生活の見直し
敵の存在が見えないから　不安生活に陥る

いつまで続くのか

宇宙開発までしているのに
なぜか　もどかしい　イライラが続く
ウイルスも進化しているのだ
その土壌にあうように　環境に溶け込んで
密かに住み家　隠れ家をつくったら
愛しい愛犬や愛猫が感染源だったら

今後　マスク人間が当たり前になる
ゾッとする　息苦しくなる
移動するマスク人間　自分だけは大丈夫だと自負
第三者には恐怖人間に見える
幼児やゼロ歳児　ウイルスに感染していたら

誰も信用できなくなる
一緒におれなくなる　人間社会の崩壊が始まる

過去にもあった
医療が発達していない時代
民衆は真剣に守ることが　生きることへの証だった
心を一つにする
今の時代　無理みたいだ
自分勝手な人間が存在　どうすればいいのだろう

全人類は一つにならなければならない
医療の専門家の指示　厳守しなければならない
天災だけはどうすることもできない
おさまるのを待つしかない

新型コロナウイルスはそうではない
全人類で戦うのだ
英知をあつめて　終息させるのだ
全人類の使命だ　極楽とんぼでは駄目だ
勝つまで気を緩めず　戦い続けなければならないのだ
全人類の責務だ
根気強く　諦めないで

目には見えない敵　ウロウロし出した
私たちの日々の努力がものをいうのだ
忠実に従うことの大切さ
一心になることの重要性　先人はかたくなに守った
恐怖の山をいくやまも乗り越えてきたのだ
現代人にできないはずはないのだ

警告として　受け取らなければ

どうしてこんなことになるのだろう
日常生活が一変する

日本全土が揺れ続けた
今度は大量の雨による被害　土砂崩れ　川の氾濫
被害にあっても容赦しない真夏日
断水しているのに　流通がたたれているのに
手加減をしない　今時の気象
竜巻発生　火山の爆発　怒り狂っているこの国

死亡者　犠牲者が増え続けている

美しい島国　日本に住んでいて
これでもか　まだ　わからぬか
声が聞こえてくる
堕落した日本人に対して
自然は容赦しない
徹底的に痛めつける　ふいに襲い掛かってくる

地震だ　停電だ　土石流だ
スイッチを押して　蛇口をひねって　考え抜く
当たり前ではないのだ
電気のありがたさ　水の貴重さ　不便な日常生活
節電節水行為に変る

行方不明者がいる　捜索活動が続く
見つけるまで　やらなければならない
東日本大震災後も続いている　遺品遺骨捜索
潜水士は海底で　地上ではスコップに力が入る
棒の感触で確かめる専門家
遺族のことを思うと　自然に身体が動く

まだ救える
助けたい　人のために　そんな心が漲っている
全国各地から被災地へ　人が移動
土砂の運搬　不要物の撤去　泥水を含んだ布団　畳
一日も早く日常生活が再開できるように
見ず知らずの者が黙々と汗を流した

すべてが壊れる
液状化現象　地面の亀裂や隆起
水没する街　停電し　真っ暗闇
そんな中　火災発生　竜巻発生
命があるのは奇跡だ
運命的な事かもしれない

人口減少は止まらない
田舎を捨てる人が増加　疎遠になる地域住民
人と人で社会が成り立っているのに
全土で逆行している現象
真剣に考えなければ沈没してしまう
今さえよければ　自分だけ楽しければ
後のことは考えていない　死んだら　葬儀は

何も考えていない人
いつかは死を迎え　誰かのお世話になるのに
感情が働かないのだろうか
どうにかしたいのだが　どうにもならない

被災者になりたくない
いつ我が身に起こるか分からない
牙をむく自然の脅威　止めることはできない
怒りがおさまるまで　待つしかない　祈りながら
何もできない日本人　事前に避難するだけだ
復旧復興には膨大なエネルギーが必要だ
先祖は重機もない時代に巨大な建築物を建てた
すべてが人力だ
力を合わせればとてつもないパワーを発揮できる

自分も何かの役に立てる覚悟
前向きに歩める

敗戦からの復興
遺骨が収集されないまま七十三年
その時々に起きる出来事
その対応に国家も事にあたる
そんな時代　生きていくとは　生かされるとは
すべてのことに全力で当たるしかない
生ききることも　全力勝負なのだ
命があるから　できることなのだ

底なしのドロドロ

食べなければならない
口にいれるため　働かなければならない
日を追うごとに増えていく解雇者
野菜畑があるわけではない　山菜があるわけでもない
あるのは捨てられたミックス食材
日を追うごとに少なくなる
深夜に　無我夢中であさるゴミ箱

貯蓄してあれば数日間は耐えられる

完全になくなったとき　売るしかない思い出の数々
アッという間　自分の肉が剝がされていく
神経細胞も削られていく
自分の血を売る毎日

ボロ着に着替え　募金活動に講じる
まっかな嘘だ　生きていくための方策
世の中　捨てたものではない
十円　五十円　百円玉が　たまに紙幣
場所を変えて巧妙に演技
欲望がむくむくと顔を出す
土下座して無言で頭を垂れる
空き缶に投下　音が鳴り　声が聞こえる
生きなさいと

平和な日本に見えるがドロドロ
底なし沼があちこちに点在する
埋めなければ　落ちてしまうかも
騙して生活するのだから
相手と真剣勝負だ　いつかはあばかれるのに
生きていくことは大変なことだ
手錠をかけられるかも　不安の中　巧妙な嘘をつく
抑えきれない欲望の塊

何のために生きるのか　追究しなくては
生ききるとは　どうすることなのか
嘘で固められた人生　幸を見出すことができるのか
安心安全なもの　埋め立てから開始しなければ

どこかで悲鳴

コロナで奪われる店　コロナで働けない人
コロナで自死する人
この先真っ暗だ
父の借金がある　返せない自分がいる

母が死に　父が蒸発
一人でどうにか生きてきた
生活費と家賃　どうにかしてきた
コロナで入院　吹き飛んでしまった

生きていくための存在意義　見つけることが急務
借金返済の恐怖　返しきれない金額
押しつぶされる　取り立ての恐怖
どうすればいいのか　期限が迫っている

成長段階で地獄に落とされる
その都度　這い上がってきた
まさか　こうなるとは思いもつかなかった
コロナ禍の社会　回り続けるウイルス風車
風に乗って振り回され　移動する
生活費を稼ぐだけ　心身がボロボロになる
今　どうにか息をしている
国は悲鳴が聞こえているのか
救済しなければ　貴重な人材が消えていく

難民増加の都会

コロナウイルスは変異してきた
信用できない情報が氾濫する
振り回されて死を迎える　安心安全はどこへ

看取りができない
骨壺を渡される
まさか　コロナで死ぬとは　思いもしなかった人
憎むのは人でなく　ウイルスだ

増加している街へは行けない

感染するかもしれないから　恐怖が先に
感染しないように対策していても感染
厄介な　憎むべき奴
いつ終息するのか　何年もかかるのだろうか
国家は巨費を投じてきた
国民の命を守ることを最優先にしてきた
現実には　死亡者が増加

医療が崩壊すれば終わりだ
患者数が増加すれば　医師　看護師　病床が不足
現在進行中の敵　日本全土で顔を出し続ける

終息するのだろうか
人類の意志にかかっている

Ⅳ

作品化

事象を多角的にみる
闇が必要になってくることも
感動したことはすらすら動く
書いては消す　書いては止まる
ストンと落ちないのだ

他人に見せていいのだろうか　誰が読むとも分からない
不安と挑戦　相手に響くだろうか
その時しか書けない　自分流のペンの動き

何処へ向かおうとしているのか
分からない
分からなくて　いいのかもしれない

刻々と太陽が沈んでいく
障子に映る夕日　面積が拡がっていく
色彩も変わる
闇が必要だ　空腹感も必要だ
感情がひとつひとつ言葉を選んでいく
何も言わないで　並んでいく
読む声が聞こえてきた
危ない雰囲気になっていく
消されるかもしれない
びくびくする時間帯

突然　ペンが置かれた
何日間たっただろうか
私はこの前と同じ場所にいるではないか

数年後　大衆の前に自分をさらけ出していた
世の中に出ることは　試練の連続だ
引き返すことができない
吐いた言葉と同じだ
気長に　穏やかに
くよくよしないで　走る
レールから脱線しない程度に
そう考えるようにした

離れない車

まだ働くことができる
まだ唸りを上げることができる
まだ景色を見たそうだ
乗せて走りたいようだ
亡き両親を金沢駅へ迎えに行った
職場まで行った
絶景を追い求めて走った

壊れたら交換

そろそろないらしい維持するための部品
今年で三十三歳になる
振り向く　知っている民衆
立ち去るまでずっと見ていた
音を残して　過ぎ去る
音の響きを味わっている大衆

離れていった仲間たち
どうしているだろう
存在しないかもしれない
主人だけは　私の傍にいる
性能が良くて　燃費のよいのが誕生している現在
主人は私を離そうとせず
運転をやめない

魅力がないはずなのに　どうしてだろう
外見も色が褪せて　みっともないはずなのに
食料もたくさんいるのに　大切にしてくれる
父は後部座席　母は助手席に
家族旅行の時は　私を利用してくれた
過去の出来事を思い起こしてくれる存在なのだ

愛着が凝縮している
三十三年間の私と主人
いろんな風景を　数々の人間ドラマ
私が死なない限り　残っていく

あの日のこと

生かされていくとき
重大なこと　忘れてはいけないこと
まとわりついてくる
だから人生素晴らしいのだ
喜怒哀楽の日々
明日へのエネルギー源だ

人には忘れられないことがある
かたくなに自分の身体の中に閉じ込めている

たまに出してきて
自分自身のエキスにする
あと
どのくらいのエキスと出会えるだろうか
今日の出来事
あの日のことに　なっていくのだ
あの日のこと
忘れないのだ

分からない

病院へ行ったそうだ　手遅れだった　膵臓癌だった
病院で亡くなった六十代の元同僚

倒れたそうだ　心臓だった　県教委の幹部
仕事中に亡くなった五十代の現職

現職中に手術した　その後　現場復帰した
退職してすぐ亡くなった　同学年だった友人

ヘリが飛んだそうだ
警察犬がいた
亡くなった　四歳だった
今年　三回忌になる

自分が死ぬ
まさか思わない　考えもしない
必ず死ぬ　死ぬのだ
死んでいくのだ
いつか　分からないから　いいのかもしれない

見た目には山々は動かない
でも分からない
海中では生物が動き回っている　陸上でも同じだ

ある日突然いなくなるものもいる
食べられたり採られたり
陸海空　明日の命は
どこにいても分からない存在なのだ

私たちは分からない世界にいるのだ
重々承知して　明日を迎えようとしている
気持ちを入れ替えて明日にそなえる
分からないから
意義を見出せる楽しみ

ポイント

天空からジロリと見下ろす
意図的に　集中して
見せしめか　脅しか　恐喝か

あいつは低い所へ流れる
地下に潜るものもいる
有りすぎて　爆発して破壊行為が起きる
土砂崩れ　河川の決壊　橋の決壊　道路の消失　家屋の破壊
田畑の消失　殺人と

感情を持たない巨大生物だ

最近　ポイントを絞っている
恐ろしい存在だ
いつ狙われるか分からない
なぜ　そうするか分からない
気ままに見える
無目的なはずなのに
確実にミサイルを撃ち込んでくる

感謝は自然に

当たり前だという気持ちを持たないでほしい
息をしていることに感慨深げだ
毎日　朝夕に合掌する

先祖がいたから　両親がいたから
自分の存在がある
片時も忘れることはない
ありがとうの連呼
一日に会う人に必ず言っている

身体の奥深くから　心のこもった言葉が出てくる

後悔しないように
嫌われないように　日々努力
自分により一層の磨きをかける
地道にゆっくりと　焦らずに
確実に誰からでも愛される人間になる
せっかく人として生まれてきたのだから
ちっぽけな自分自身
周りに大勢人がいるから大丈夫
相手がいるから　自分の存在がある
大勢の方の無償の支援により　この日を迎えることができた
本人が知らないことはいくらでもある

お世話になった人は認識できる人だけではない
関わった人
後ろに　斜めに　横に　前に　いる
生かされていることに感謝できる人
思い入れが違う
ありがたい　もったいない　お世話さま
感情の吐露
感謝しながら
人にも指針を与え続ける
今日も人々の鏡になって歩んでいる
途中
途中で鏡に映してもらって歩む

どうか

手に取ってくれて　ありがとう
めくってくれたけど　あなたのもとへ
いけるかどうか

活字が大衆にふれても
賛美や反発があっても
残ってしまう活字集団
出てしまったら　じっと耐えるだけです
一人一人の顔を嘗め回す

グループの顔を見つめることも
無視されることも我慢し続けてきた

手の感触を感じているだろうか
顔を認識しているだろうか
たまには胸の鼓動を感じたい
優しい視線を感じ取りたい

欲

人間からなくならない　死ぬまで
次から次と出てくる
止まることはない
彼と同居しているのだ

歳を重ねても　病気になっても
顔を出して誘ってくる
我慢できることもある
大抵強い刺激で負けてしまうのだ

身体が欲することも　多数の細胞たちが喚き散らしている
生命の維持だ
最小限とるしかない

自己実現する
しばらくはおとなしい
また　むくむくと起き上がってくる
次の仲間が出てきた
なかなかの曲者だ
通帳からの流失
次から次へと変化する数字模様

必需品が壊れたら購入しなければならない

値切る欲は出てくる
より安く　良いものを選ぶ
もうじき　忘れ去られてしまう廃棄物

死を迎えるまで渦巻いている
突如顔を出して　綺麗な獲物を探すこともある
死を迎えるまで　じっと見詰めることもある
ふいに降りてきて　獲物をパッと獲ることもある
理性も　知性も
関係なくなる人間の欲望よ
なくならないのだ
いつも渦巻いているのだ

八回死んでいく家族

祖父の五十回忌は平成三十一年　祖母は一年遅れ
平成三十年に母の七回忌　父の二十三回忌を勤修

人間は必ず死ぬ　祥月命日ができる
亡くなった様子を覚えている
決して忘れない
祖父は中学校三年生の時　急だった　祖母も自宅で
父は金沢大学附属病院の集中治療室
母も市立砺波総合病院の集中治療室

命日になると　部分的な映像として語りかけられる
節目の時　人生の道案内だった
この上ない教えだった
必ず誰かが側にいてくれた
言葉をかけてくれた
その言葉が残っている
声の質　スピード　音量

自分が死ぬ日まで　繰り返し現れる生前の姿
祖母は行商の蟹やガンドブリをよく買ってくれた
氷見の朝とれ　必ず買っていた　切り身でなく一本もの
器用にさばいた　包丁を砥石でよく研いでいた
祖父はあまり家にいなかった　泊りがけの仕事だった

自家用車がまだ普及していない時代　上市　八尾　水橋などへ
自転車か徒歩でバス停や駅まで
県外もあったらしい
結構ファンがいて人気者だった
携帯もパソコンもない時代
文明の利器は黒電話だけだった

平成五年の大法要を終えて三年後だった
病院の「エレベーター」の中　ベッドに寝ていた父
私に突然「あと　頼んだぞ」
振り絞った　最後の言葉だった
「何を言うがけ」

七月二十日　複数の医師と看護師

集中治療室で看取った
母と弟　私と妻　泣きじゃくった　うなだれた
「ありがとうございました」　涙声でなんとか言った
最善の治療をしたが死んでしまった　享年六十九歳

仕舞に　絵画にお茶　好きなことをした時はルンルンの母
伴侶を亡くして十数年　私をバックアップしてくれた
晩年に弟とヨーロッパ旅行　ブランド服に大枚をはたいた弟
旅費は二人分　私が払った

ビデオに映る笑顔や仕草
ああ　あんな時もあったんだ
私も二度死にたい
完全に消滅　そんな存在でありたい

もう　やめて

数えきれないほど亡くなりました
行方不明の方もいます
自然のエネルギー
別の使い方はないでしょうか
私たちばかりに向けないでください

美しい故郷　綺麗な海
台無しになりました
生あるものほとんど死にました

元にもどすのは不可能です
時間がかかりますが　何とかしたいです

お願いですから
もう　やめてください
穏やかな日常　ほんのりとした日々
日本人　世界の人々が求めています
国内で起きる残虐な事件　殺人事件
私たちの手で食い止めますから　許してください
私たちの問題ですから　必死になってなくすように努めます

四季を感じて　旬を味わって
人と繋がって
一人では生きることができないから

お互い自覚して生活していきますから
もう　やめてください
命を失いたくないのです
人口減少しています
あのようなことが起こると
本当に人がいなくなってしまいます
どうか　お許しください
日本の国土が美しいまま
後世に残したいのです
今住む人間よりも
これから誕生する人のために
くどいようですが　お願いします
助けてください

V

配慮できる人

約束時間
自宅玄関前で待っておられる
私のバッグを持たれる
高価なスリッパ
客間に案内される
美味なお茶を出される
高そうな湯飲み　上品なお菓子　おしぼりがある

お斎の時間

ビール瓶と銚子を持って真っ先に
丁重に断る
ノンアルコールを注文した
丁寧に挨拶される
一口含む　親戚の方が次から次と

記念品や大きな返礼品の袋
自家用車まで運んでくださる
仲居は数人いるのだが　自らの手で後部座席に
車が見えなくなるまで見送っておられる
深々とお辞儀

毎日感謝して過ごす人

本質を見抜くことができる　当たり前という気持ちはない
早朝　目が開き　感慨深げだ
息ができること　歩ける　話ができる　聞こえる
毎日　朝夕に手を合わせている仏壇

先祖がいたから　両親がいたから　自分の存在がある
片時も忘れることはない
ありがとうの連呼　会う人に必ず言っている
身体の奥深くから言葉が出る　いつもあたたかい言葉

後悔しないように　嫌われないように　日々努力
自分により一層の磨きをかける　納得できるまで
地道に　ゆっくりと　確実に磨き続ける

誰からも　愛される人間になる
せっかく人として生まれたのだから
ちっぽけな自分自身　周りに人が大勢いるから
相手がいるから　自分の存在がある　そう思っている
言葉をかけたりかけられたりして　周りの人を温める
とてつもない力　不思議なパワーの持ち主だ

集合して地域形成
街をつくり　幸せへと導く

住む

屋敷林に囲まれている
クーラーは不要だ　マイナスイオンが充満
風雪から守る　やすらぎを宿す
先祖の知恵が隅々に残存

天空から見下ろす
点在する城だ
閑乗寺高原から見下ろす
木彫の街　発展経路が

庄川の流れ
歴史を感じさせる住居
蛇行するたびに集落が消失
最適な土地を求めて移動した先祖
今　こんな形状で現状維持

地中に大量の栄養源
里芋の特産地　チューリップも
味が絶品　最高な美
水田に映る屋敷林
光線を浴びて反射する
多数の乱射が交錯する
自然の美術作品になる

仮面は仮面らしく

仮面があるので安心だ
そうこうしていると　記憶に残る人と再会した
相手は覚えていた
仮面の効果はない　無様な私がいた

声　体格　仕草　一発だった
いとも簡単に当てた
人は仮面を被ろうとする　人は消えたいと
変身願望がある

別人になろうと　変身したつもりだ
無理だった
仮面の下から輪郭が香りとなって表れた
誰か分からない存在　声を発せず
意図的な動作
透明人間になれず
別人にもなれず
仮面を付けたが　見抜かれた

じっとして

待つしかないのか
耐えるしかないのか
見守るしかないのか
時間が経過していく

後戻りはできない
やり直しはきかない
見直しはできる
反省もできる

生まれ変わることは無理だ

相手はどこかにいる
なかなか見つけることが
会うことができない
ご縁の世界と言うが　ないのかもしれない
他人は本当に無責任
その時の感覚で喋っている
耐えるだけだ　待つだけだ
会うべき人に　出会う時まで

専門家がいるから

身体の構造
病巣を突き止めたがる
解剖が好きだ
進歩発展に貢献した
反吐が出るはずなのに
まだ　やろうとする

美味と言ってほしくて丹精込めて育てる
愛情が到達点に達した

他人に提供するため
大切なものを殺す

好きなことにはのめりこむ
時間も忘れて　人助け
変人と　奇人と呼ばれる
どう呼ばれようとお構いなしの人
人それぞれにあった職業
うまくできている社会構造
卓越した頭脳がこの国を守り
救う

えっ　目を伏せる

あれを食べるの　凄いね
どうして食べるの
美味しいから　食べたいから　欲求がむくむく

僕にはできない
あの声が素敵だったから　可愛いから　愛嬌があったから
だが　しかし　僕にはもうとうできない

目の前にいる美少女

美味しそうだ　口を動かす　気味が悪い
ギャップがありすぎる　吐きそうだ

一度経験したら　病みつきになるのだとか
僕にはできない
あの光景が蘇ってくるのだ
物体が何か分からなければ　食べているかもしれない
少しでもそういう気配を感じたら　できるかも
やはり無理だ　無理だ　指令が届く
うまい　うまい　連呼する美少女
助けて　助けてと聞こえてくる

僕には無理だ
近所にいた鶏　草原にいた牛　動物園にいた豚

ましてや　心臓や舌　内臓までもが皿に
殺す人がいるのだ
バラバラにする人がいるのだ

見ることができない　つまむことができない
口にいれるなんて　到底できない

美少女は大きな口を開いて
口を動かし続けている　口元に　血がついていても
微笑んでいる
満面の笑みで口を動かしている

過ぎてしまった

全神経を使う難手術　ミスは許されない世界
長男のことを思い出した　現教授が助手だった頃
あの時の看護師はもういません
あの時の手術室はもうないです
時間はアッという間に感情を持たずに　的確に時間を刻んだ
その刻んだ中に忘れることができないこと
思い出すこと
三十数年が過ぎてしまった
今後もふいに映像が流れるだろう

古い建物だった
一階にあった集中治療室　父のいた最後の砦だ
面会時間に間に合うように井波から金沢へ
側にいるのに入れなかった
毎日廊下で祈り続けた
面会時間に着けるように　毎日　孤軍奮闘した
現職だった　二股だった
二十数年前の私

顔を見るだけで　見つめられるだけで　安堵した
途中で退職してよかったのか　今でも分からない
どこかに皺寄せが　家族の在り方を模索した
一日に二度　母と面会した

安堵できる時間帯
幸せを感じることができた
あの勇断は本当によかったのだろうか　六年前

五十年前のこと　鮮明に記憶が残存
百数年ぶりに手が入った
修理修復した屋根　床下
運よく匠の集団が集まった
巧みな技術集団が奮闘　完璧な技
地域環境の恩恵から
無数の先祖から
不思議な力が働いたようだ　二年前
天気予報はあたらなかった　快晴だった

祝砲が鳴り響いた
遠方にも轟いた
屋外で事をなす時だけ　三日間晴れた
不思議な時間帯があった
不思議な力
自然現象もかえた　一年前

今日も生かされていくとき　あの出来事
重大なこと　忘れてはいけないこと
必要以上にまとわりついてきます
だから人生素晴らしいのだ
嫌なことも払拭できるのです
喜怒哀楽のある日暮しは幸せの証です
明日へのエネルギー源になります

人生　勇断が必要な時もあります
妥当か不適切か分からない状況
今の状況を判断する
前へ進むことしか考えていません
世はめまぐるしい速さで動き回っています
地球自体　自然現象
想定外のことが起こり続けています
人として
大切な場面や時期が必ずめぐってくるのです
ひたむきに　のろのろでも
進めば歴史的事実になります

桜を取り巻く風景

圓光寺前の桜
緑色が目立ってきました
幹に　枝に　つぼみ付近
風情があるように
貫禄があるように
いやいや　老化を促しているのだ
寿命を縮めているのだ
いつもの庭師に教えてもらった

高圧洗浄機と鎌と梯子で上下運動が始まった
時間をかけてすべてを取ったつもりだった
数日後　まだ生き延びていた
少しは若返っただろう
そう信じたかった

つぼみの時から　順調に生育してくれた
全国の前線と変わらない
数日間の風雨　急激な寒さ
なんとか乗り越えてくれた
揺さぶられたつぼみたち
親元から決して離れなかった
数日間　思いもしなかった急激な環境変化
耐えることが使命のように一心に耐え続けた

来週満開か
自分流の桜予想
的中した　見事だった　咲き乱れていた
園児が見に来ていた
記念撮影をしてほしいと頼まれた
上を見上げている
キラキラ輝く瞳の数珠つなぎ
舞い散る花びらを追っている子
額に落ちて　はしゃぎまくっている女の子
地上に落ちた桜の花弁
フッと息をかけている男の子
あの子たちの指がピンク色に染まっていった

毎年四月上旬　咲き乱れる忠魂碑横の桜
亡くなっていかれた人たち
見ておられる
植えてよかったと口々に言っておられる

毎年　使命を果たそうとする
この日を迎えるまで
仲間たちとしっかり繋がってきた
花を咲かせない仲間はいなかった
満開になるまで
あるものは我慢し　あるものは励まし続けた
満開の桜にもドラマが宿っている
毎年　気候に敏感に反応するつぼみたち

天空から降りる

途中で出会う
吸いつかれる運命的なドッキング
どれだけいられるだろうか
体重が増えた分　時間が短い
一人で降りていくのは自由

風が吹いた
横方向に流された　上昇することもある
急降下もある　身をゆだねるのは辛い

我慢の連続だ

たまに日が差し仲間を見失う　どこへ行ったのだろう
探す余裕はない
地上には降りていないのは確かだ
途中で弾けて浄土へ
短い生涯だったが悔いはないはずだ

時間の経過とともに
一つ一つの命　消えていく
仲間と生き延びることもある
地上に降りても　時間の経過と共にいつかは消えていくのだ
天空から落ちて大地に届くまでの時間
当たり前にしてはいけない世界がある

死んだらお骨が残る
不思議な力が身体に浸透していく

冬が待ち遠しくなる
必ず落ちてくる
落ちすぎても困るのだ
事故で渋滞　流通に悪影響
落ちてきてもよいが
人間にとって困らない程度
落ちてください
皆さん　待っておられます
私も落ちていきます
先祖が住む浄土へ

変化する環境の中で

水が入る　景色が映る
黄金色に光る
土　水　稲穂　先祖からの田畑
風景の中に溶け込む
屋敷を守ってきた
地域住民に守られてきた

時間が流れている
人の感情に関係なく　変化していく

道路の拡幅　空き家の増加　店の閉店　団地の建設
住みよくなること　疎遠になっていくこと
混在している

地域行事が途絶えてしまった
協力性の欠如
どうでもいいのだろうか
隣人のことは分からなくなっている地域住民
田舎でも起きている
今後　どうなるのだろう

見慣れた山並み
古来より毎日　人間模様を凝視してきた
見慣れた景色　何を思う

人間性復活の日をいつも願っている風土
感じないのだろうか言霊《ことだま》

山々がある限り
風の流れは変わらない
河がある限り
土壌は変わらない
環境が変化しても　変わらないものがある

今のところ
この地球上で　普段通り息をしている
人的環境は猛スピードで変化している
みんな　常に幸を求めているのだ

あとがき

私の住んでいる所は、田舎です。田舎でも、散居村（広大な耕地の中に民家が散らばって点在する集落形態）と呼ばれる地域です。この散居村は日本国内最大とされ、二百二十平方キロメートルの砺波平野に七千戸程度が散在しています。この砺波平野は、チューリップの球根の産地でもあり、日本一の出荷量を誇っています。江戸時代以降に、家々が離れ離れになって水田中に点在するため、屋敷の周りに「カイニョ」と呼ばれる屋敷林を植えて風除け等として、今日に至っています。また、『宮大工の鑿一丁から生まれた木彫刻美術館・井波』として、平成三十年度に「日本遺産」に認定されました。平生何も感じていませんでしたが、実は素晴らしい所だということを実感しました。

時間は、一定のリズムで時を刻んでいます。でも、世の中は猛スピードで変化しているように感じます。その流れに、何とか乗るようにしていますが、体力のことも心配になってきました。書き溜めた小品を、世の中に出すことによって刺激を。

人間って不思議です。年老いて、今までできていたことができなくなったり、年老いて若い時にはできなかったことができるようになったりします。歳を重ねることは、両面があるのです。歳をとることによって、何事もやり残さないようにしたいと考えるようになりました。やることが次から次と出てきます。自分の人生はいつか終わります。終わらないうちに、できることからやり遂げようと決心しました。まだまだ未熟で、磨かなければならない点が多々ありますが、一心に取り組みたいと思います。

最後に、私にかかわりを持ってくださった方々に、深謝します。

令和三年八月

道元　隆

著者略歴

道元　隆〈みちもと・たかし／本名　道元　昭隆〉

富山県南砺市に生まれる

現在、日本ペンクラブ、日本詩人クラブ会員

詩　集　『僕の眼球が移行した』（昭和58年）近代文藝社

『道元　隆詩集』〈現代詩人精選文庫26巻〉（平成元年）表現社

『Ｒルート１５６』（平成６年）北國新聞社

『刻《とき》』（平成27年）土曜美術社出版販売

エッセー　『生かされている』（平成20年）めいわ出版

『３６５日の言葉―生あるもの　自然と共存しながら歩んでいる―』（平成25年）めいわ出版

『おかげさまで生かされし十年―新しい時代へ―』（平成30年）富山新聞社

他　アンソロジー等

詩集　散居村《さんきょそん》の住人《じゅうにん》からの視点《してん》

発　行　二〇二一年八月八日

著　者　道元　隆
装　丁　直井　和夫
発行者　高木　祐子
発行所　土曜美術社出版販売
〒162-0813　東京都新宿区東五軒町三—一〇
電　話　〇三—五二二九—〇七三〇
ＦＡＸ　〇三—五二二九—〇七三二
振　替　〇〇一六〇—九—七五六九〇九

印刷・製本　モリモト印刷
ISBN978-4-8120-2627-4　C0092